EL BARCO

Pupi
va al hospital

María Menéndez-Ponte

Ilustraciones de Javier Andrada

www.literaturasm.com

Primera edición: marzo 2011
Segunda edición: junio 2011

Dirección editorial: Elsa Aguiar
Coordinación editorial: Paloma Muiña

© del texto: María Menéndez-Ponte, 2011
© de las ilustraciones: Javier Andrada, 2011
© Ediciones SM, 2011
   Impresores, 2
   Urbanización Prado del Espino
   28660 Boadilla del Monte (Madrid)
   www.grupo-sm.com

ATENCIÓN AL CLIENTE
Tel.: 902 121 323
Fax: 902 241 222
e-mail: clientes@grupo-sm.com

ISBN: 978-84-675-4749-8
Depósito legal: M-10927-2011
Impreso en la UE / *Printed in EU*

*A Cristina y Adriana Pumarola,
para que le pidan a Pupi
que un día las lleve en su nave
al País de las Hadas.*

Pupi va con Conchi al hospital
para visitar a Coque.
Como nunca ha estado en uno,
cree que se trata de una fiesta
en la que va a jugar a «Operación»
igual que su amigo.
Está tan contento
que su botón parece una naranja,
y no para de hacer preguntas
a su mamá terrícola.

–¿Le han operado con las pinzas?

–Supongo que sí –le responde Conchi.

–Pues yo le voy a sacar el *cucharón*.

–¿El cucharón? –se extraña Conchi.

No sabe que Pupi se refiere al corazón.

–Sí, y también el *plumón*.

Aunque Coque siempre hace trampas,
es un *trampero*.

Conchi cree que Pupi le está hablando
de algún juego que ella desconoce.
En todo caso,
no le presta demasiada atención
porque ya han llegado al hospital.
Lo que le preocupa en ese momento
es averiguar qué ascensor tienen que tomar
para ir a la habitación de Coque.

A Pupi le asombra
todo lo que ocurre a su alrededor.

–Conchi, Conchi
–trata de llamar su atención
tirándole de la manga–. ¡Que teníamos
que haber venido disfrazados!

–¡Achúndala, Pupi,
qué cosas se te ocurren!

–Mira, como esos
–dice señalando a unos médicos
que acaban de pasar junto a ellos
con batas verdes y blancas.

Conchi no puede evitar
soltar una carcajada.

–¿Por qué te ríes, Conchi?
Sin disfraces no nos van a dejar ir a la fiesta.

A Conchi se le saltan las lágrimas
de la risa.

–¡Ay, Pupi, qué simpático eres!
Esos que van con batas son los médicos
y los enfermeros.

–Pues el médico que vino a casa
cuando tuve la *mortadela* no tenía bata.

–¡Ni me recuerdes la que armaste ese día!
Mira que pintarte todo el cuerpo
con puntitos rojos como si tuvieras varicela...
Aquí tienes que portarte bien, ¿eh?

–Sí que me voy a portar
muy *requetequebién*, Conchi.
Voy a ser el azuloide más bueno
del mundo mundial mundialísimo.
Pero di, ¿por qué él no tenía bata
y estos médicos sí la tienen?

–Es por medidas de higiene.
En un hospital tiene que estar todo
muy limpio y desinfectado
para evitar el contagio.

–Pues diles que yo me he duchado
esta mañana y estoy limpísimo,
superrequeteluciente.

Sin embargo, ahora le entran dudas.
¿Se habrá frotado lo suficiente con la esponja?
¿Y si se ha ensuciado por el camino?
¿Y si Conchi no está bien enterada
y también ellos necesitan batas?

A Pupi le preocupa que no le dejen
ir a la fiesta y no poder jugar a «Operación»,
por eso su botón se ha puesto morado.

Conchi, al verlo de ese color,
trata de tranquilizarlo,
porque sabe que si Pupi se asusta,
puede ocurrir cualquier catástrofe.

12

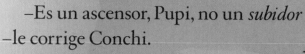

–¡Jopeta, qué *subidor* tan grande!
–exclama Pupi al entrar en el ascensor.

–Es un ascensor, Pupi, no un *subidor*
–le corrige Conchi.

Pupi piensa que los terrícolas
se complican mucho
con las cosas del lenguaje.
¿Acaso no es lo mismo ascender que subir?
–Pues le han puesto mal el nombre.
Se debería llamar sube-baja.
–¡Pero qué ocurrente eres!

–Es una lógica de *armario*, ¿a que sí?

–Se dice «de cajón» –le corrige Conchi.

Pero a Pupi le parece
que tanto da un armario
como un cajón. Después de todo,
los dos sirven para guardar cosas.

15

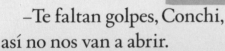

Cuando llegan
a la habitación,
Conchi golpea la puerta
con los nudillos.

–Te faltan golpes, Conchi,
así no nos van a abrir.

–¿Cómo que me faltan golpes?

–¿No ves que la clave secreta
es tres, dos, tres? –le dice señalando
el número de la habitación, que es el 323.

A Conchi le da otro ataque de risa
justo cuando la mamá de Coque
abre la puerta. Conchi le explica
por qué se ríe, y ella también lo encuentra
muy divertido.

Pupi piensa que la risa de los terrícolas
es más contagiosa que la *mortadela*.

Pero ya Coque
está reclamando su atención,
de modo que Pupi se olvida del contagio
y del código secreto y va junto a él.
   Su amigo está en la cama
y lleva una bata de color azul,
parecida a la de los médicos.

Ahora Pupi tiene la certeza
de que Conchi está equivocada
y de que también él debería llevar una
para poder jugar a «Operación».
Quizá Coque sepa cómo conseguirla.

–Hola, Coque –le saluda
antes de preguntarle nada,
porque los azuloides son muy educados–.
¿Te han operado ya el *pendiente*?

Coque se empieza a reír
y a la vez da unos alaridos terribles.

–JA, JA, JA. ¡AY, AY, AYYY!
JA, JA, JA. AUUU... No me hagas reír,
que me tiran los puntos –chilla.

Pupi está impresionado.
No entiende por qué Coque se ríe
y grita al mismo tiempo.
Ni por qué lo acusa a él.

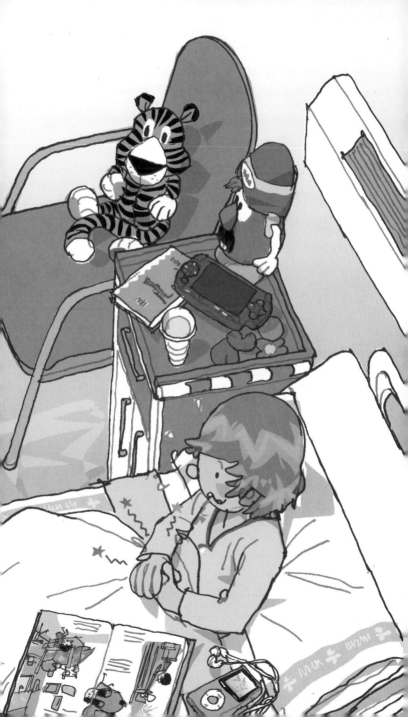

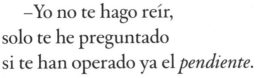

–Yo no te hago reír,
solo te he preguntado
si te han operado ya el *pendiente*.

　　–JA, JA, JA. ¡AY, AY, AYYY!
¿Lo ves? JA, JA, JA. AY, AY... ¡El pendiente!
Me parto de la risa. JA, JA, JA. AY, AY...
Es que no me han operado el pendiente,
sino el apéndice.

Pupi no entiende
esa manía de los terrícolas
de poner nombres parecidos
a cosas tan distintas.
¡Ya le extrañaba a él!
Porque Coque no tiene pendientes.
Las únicas de la pandilla que los usan
son Rosy y las gemelas.

–¿Y por qué te han dado puntos?
¿Has ganado?

Coque vuelve a dar alaridos
mezclados con risotadas.

Conchi quiere llevarse a Pupi
para que Coque pueda estar tranquilo,
pero el niño protesta.

–No. No quiero que se vaya.
¡Que se quede conmigo todo el día!

Coque está a punto de armar
una de sus rabietas.
Pero justo en ese momento
llega el médico para examinarlo,
y tanto Conchi como Pupi
se ven obligados a salir de la habitación
mientras el doctor hace su trabajo.

Conchi se encuentra en el pasillo
con una amiga suya
que trabaja ahí de enfermera
y las dos se ponen a charlar. Entretanto,
Pupi se va a curiosear por la planta
a ver si encuentra una bata como la de Coque
para que le dejen ir a la fiesta.

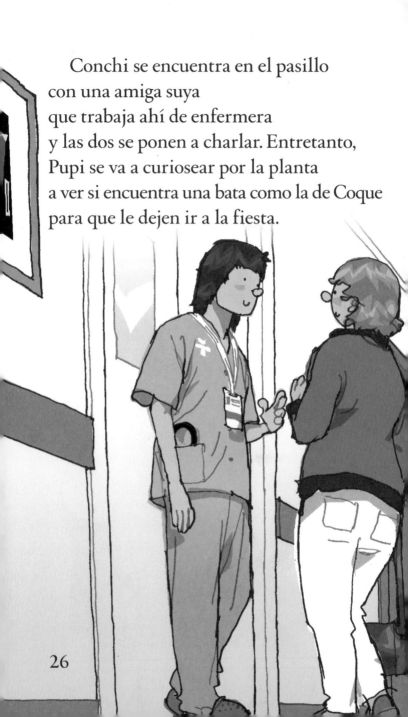

Y de pronto ve algo
que le llama poderosamente la atención.
Unos enfermeros llevan
en una cama con ruedas
a una niña que también va vestida
con una bata verde y un gorro a juego.

Pupi va tras ella.
¡Cómo le gustaría
que lo llevaran en esa cama!
Se parece a los carricoches
del parque de atracciones.
Y seguro que esa niña
va a jugar a «Operación»
en la fiesta del hospital, como Coque.
¡Menuda suerte!

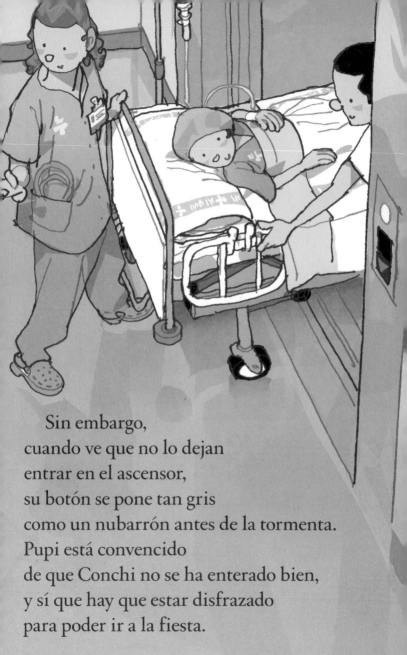

Sin embargo,
cuando ve que no lo dejan
entrar en el ascensor,
su botón se pone tan gris
como un nubarrón antes de la tormenta.
Pupi está convencido
de que Conchi no se ha enterado bien,
y sí que hay que estar disfrazado
para poder ir a la fiesta.

29

Pupi recorre todo el pasillo
y encuentra una puerta abierta.
No hay nadie dentro de la habitación.
Pero, en cambio,
hay una cama con una bata
y un gorro como el que llevaba la niña.
Rápidamente se los pone,
¡no vaya a quitárselos otro niño!
Después se mete en la cama.

Ahora no queda más que esperar
a que los enfermeros vengan a recogerlo
para llevárselo a la fiesta.
Seguro que también le darán puntos,
como a Coque,
si gana en el juego de «Operación».
Solo de pensarlo,
su botón naranja empieza a brillar.

Apenas han transcurrido unos minutos,
cuando un enfermero y una enfermera
entran en la habitación para llevárselo.

–¿Pero a este enfermo no le iban
a operar el oído?
¿Cómo es que está tan azul?
–pregunta la enfermera.

Pupi quiere explicarle
que ese es su color,
porque es un azuloide
del *plataneta* Azulón,
pero el enfermero se adelanta.

–Está claro que le van a operar
el corazón de urgencia,
nunca he visto a un niño tan azul.

–Se habrán equivocado al poner el parte
–añade la enfermera, indignada–.
¡Si es que no se puede trabajar
con tantas prisas!
¡Así pasa lo que pasa!

Pupi, al contrario que la enfermera,
se alegra de que se hayan equivocado
y permanece callado
para que no se den cuenta
de su error.
¡Por fin lo van a llevar a la fiesta!
¿Habrá también piñata y tarta?

Cuando entran en el quirófano,
a Pupi le llaman la atención los focos.
Piensa que, con semejantes luces,
la fiesta va a ser fabulosa.
Se ve que en los hospitales
celebran todo a lo grande.

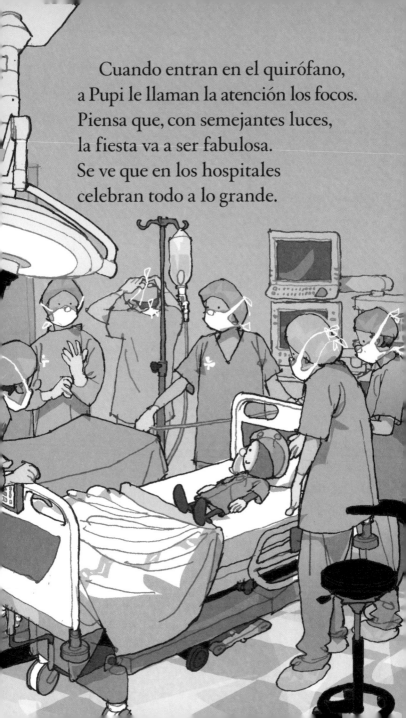

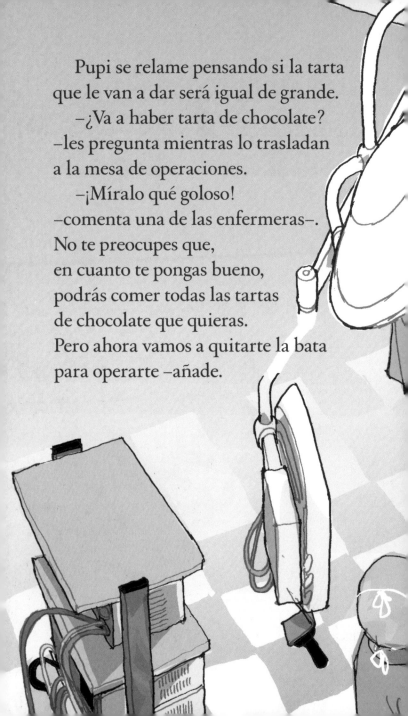

Pupi se relame pensando si la tarta
que le van a dar será igual de grande.

—¿Va a haber tarta de chocolate?
—les pregunta mientras lo trasladan
a la mesa de operaciones.

—¡Míralo qué goloso!
—comenta una de las enfermeras—.
No te preocupes que,
en cuanto te pongas bueno,
podrás comer todas las tartas
de chocolate que quieras.
Pero ahora vamos a quitarte la bata
para operarte —añade.

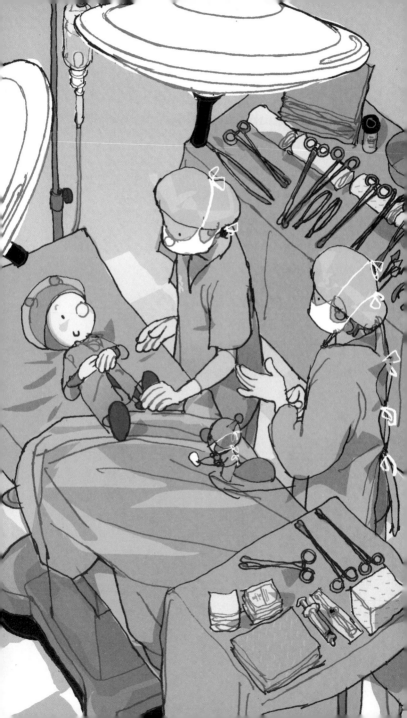

Pupi no quiere que le quiten su bata
porque piensa que sin ella
no lo dejarán participar
en los demás juegos.
Pero la enfermera insiste
en que es necesario,
y eso enfada a Pupi.

Su botón, aunque oculto por la bata,
está al rojo vivo, y sus antenas
se ponen a dar vueltas sin control.

Hasta que, de repente,
el gorro que tiene puesto en la cabeza
sale disparado, como un platillo volante.

Los médicos y las enfermeras
se quedan boquiabiertos al ver sus antenas.
    –¡Pero qué es eso que tiene en la cabeza!
–exclama uno de los médicos muy enfadado–.
¡Vamos a ver, el parte de este paciente!
¿No se suponía que era
una operación de corazón?

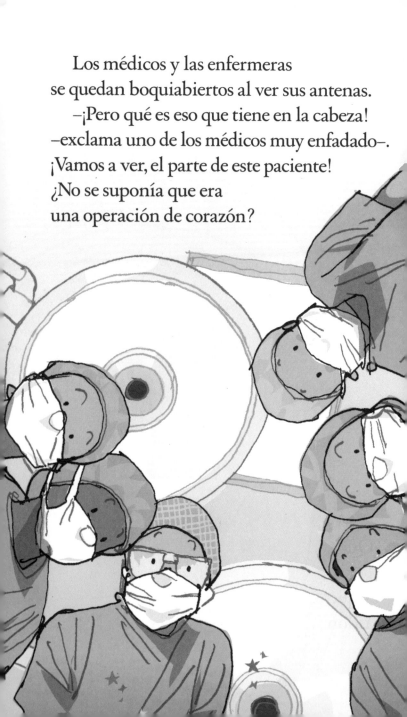

Ahora el botón de Pupi está morado.
¿Qué clase de juego es ese?
¿Por qué están todos tan enfadados?
¿Y qué le van a partir?
¿Y dónde están la piñata y la tarta?

41

Sus antenas se mueven
cada vez más deprisa,
a la velocidad de un ventilador.
Y de pronto,
todos los instrumentos quirúrgicos
se ponen a volar por los aires:
el bisturí, las pinzas, las tijeras,
las gasas, las agujas...

Los médicos y las enfermeras
tratan de atraparlos.
Y Pupi aprovecha el revuelo
para largarse de allí.

Definitivamente,
no le gusta nada esa fiesta.
¡Qué desilusión!

Ahora Pupi se encuentra perdido.
No sabe cómo regresar
a la habitación de Coque.
Pero tampoco se preocupa en exceso,
porque él siempre sale airoso
de cualquier situación.

Y efectivamente, la suerte le sonríe.
Al fondo del pasillo divisa una cabeza que,
igual que la suya, no tiene pelo.
¿Será otro extraterrestre?

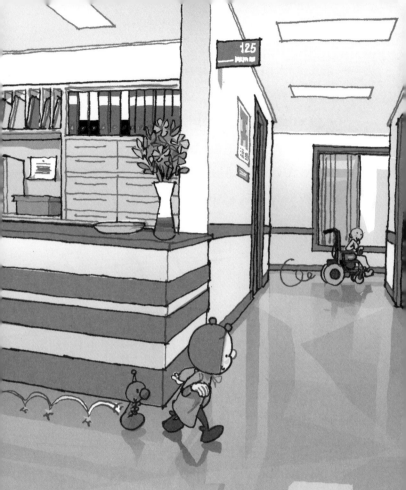

Pupi se pone muy contento.
Está deseando compartir experiencias
con él y pedirle que le deje montarse
en su sillón con ruedas;
le parece un vehículo estupendo.
¿Podrá volar como su nave?

Muy excitado, corre tras él.
Al verlo más de cerca, Pupi piensa que,
por el color de su cabeza,
debe de ser un blancoide.

Y lo alcanza justo cuando está entrando
en una sala enorme
llena de juguetes.

Pupi se lleva una gran alegría.
¡Por fin ha encontrado
la fiesta del hospital!
Una fiesta en la que hay
muchos niños y niñas
y algunos extraterrestres
como el blancoide
que va en el sillón-coche.

–Hola, amigos. ¿De qué *plataneta* sois?
–les pregunta.

   –¿*Plataneta*? –se extraña una niña.

   –¿No ves que es pequeño?
Querrá decir planeta –le responde otra.
Y, dirigiéndose a Pupi, le pregunta–:
¿Y tú de qué vas disfrazado?

Pupi piensa que se refiere a su bata
y se la muestra orgulloso.

–Es como la de Coque.
La encontré en una cama-coche.
Pero los enfermeros
que jugaban a «Operación»
me la querían quitar y luego...
Pum, pam, pum, las *tijeretas*
y las pinzas salieron volando.
Y yo me he ido porque no me gustaba
ese juego...

–¡Menuda película nos está contando! –exclama uno de los niños.

–No, no soy un *peliculero*. Soy Pupi, del *plataneta* Azulón.

–¡Sí, claro, y yo soy Superman! –exclama otro.

Pupi se queda muy impresionado.

–¿Y dónde tienes la capa? –le pregunta–.
Yo tengo una nave.
La pedí en un sueño de Pimpam
porque quería ser *venturero*
y ver otros *platanetas*.
Y vine en ella a la Tierra.
Y a Coque, que es mi amigo terrícola,
lo han operado en la fiesta del hospital.

–¡Menuda imaginación tiene este niño!
–dice uno de los blancoides.

–No soy un niño,
soy un extraterrestre, como tú.
¿De qué *plataneta* sois vosotros?

–Ja, ja, ja. Nosotros somos terrícolas.
¿Qué te parece?

–Entonces, ¿por qué tampoco tenéis
pelo en la cabeza?

–Es por el tratamiento
de quimioterapia –le responde.

–¿Y por qué él sí tiene pelo?
–pregunta Pupi
señalando a otro niño.

–Porque él no tiene cáncer.

–¡Hala! ¿Sois de Cáncer?
Yo he visto vuestro asteroide
desde mi nave.
Y a Capricornio. Y a Leo. Y a Géminis...

Todos se ríen porque piensan
que esas ocurrencias
son fruto de su imaginación.
Luego, el niño que Pupi ha señalado
le cuenta:

—A mí me han trasplantado
el corazón.

—¡Jopeta, qué suerte!
—exclama Pupi—.
Yo quiero que me planten
una *lengüeta*, que no tengo
—dice abriendo la boca.

—¡Hala, qué boca más rara!
—exclaman impresionados—.
Es verdad que no tiene lengua.

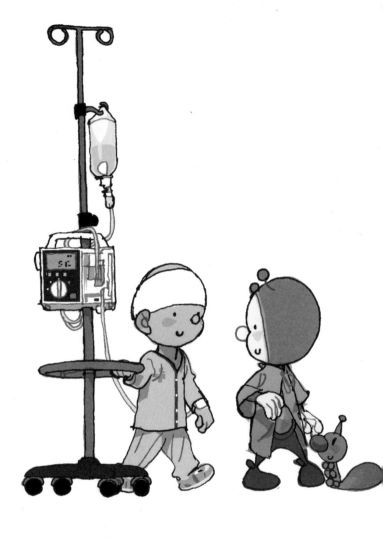

Pero al más pequeño de todos
lo que de verdad le impresiona
es su vestimenta.

   –¿Me dejas tu disfraz? –le pregunta.

A Pupi ya no le importa quitarse la bata.
¡Total, para lo que le ha servido!
Además, no le ha gustado nada
la fiesta a la que lo llevaron,
porque no había ni piñata ni tarta.
Le gusta mucho más esta.

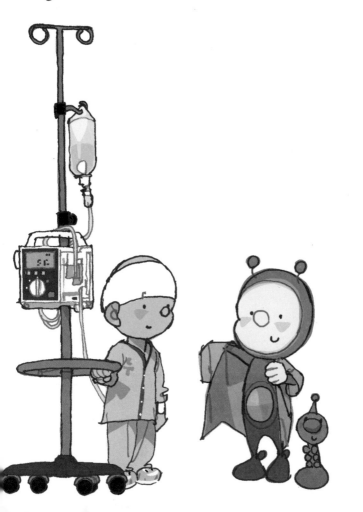

–¡Qué disfraz más chulo!
–exclama otro al verlo sin la bata–.
¿Qué tienes ahí? –le pregunta señalando
su botón.

–Es mi *bombón* –responde él orgulloso.

–¡Qué guay! ¿Me lo dejas también a mí?

–Es que no se puede *cambidar*,
es como la *virgencia* de Rosy.
Pero os regalo mi disfraz
–dice dándole la bata que se ha quitado.

–No. Yo no quiero la bata
sino el otro disfraz, el que llevas puesto
–contesta tocándole el botón.

58

Pupi tiene miedo
de que se lo quiera arrancar.
Por eso, su botón,
que estaba de color naranja,
se vuelve morado
y sus antenas dan vueltas
descontroladas.

–¡Hala! ¿Cómo haces eso?
–le pregunta una niña.
   –¡Cómo mola!
–dice el más pequeño con admiración–.
Le voy a decir a mi papá
que me compre un disfraz como el tuyo.
   –¡Que no es un disfraz,
que es mi *puerco*!
–exclama Pupi desesperado
de que no le entiendan.

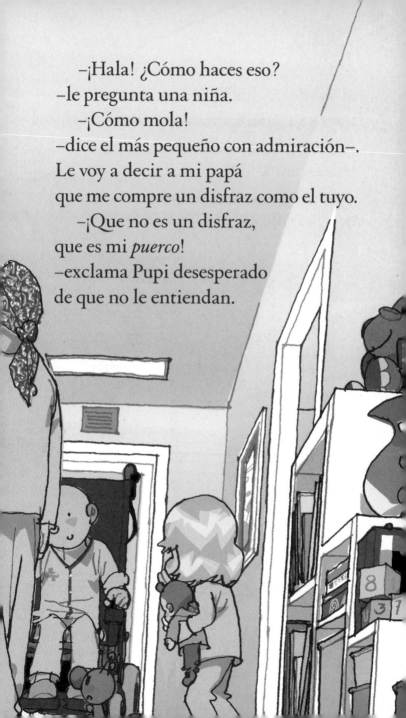

Los niños se mueren de la risa;
al contrario que Pupi, que está enfadado.
Su botón parece ahora un tomate reventón.
Por suerte, Conchi irrumpe
en ese momento en la sala,
evitando una nueva catástrofe.

–¡Achúndala, neniño!
¡Al fin te he encontrado!
Llevo una hora dando vueltas
por todo el hospital.

–¡Conchi, diles que esto es mi *puerco*,
que no es ningún disfraz!

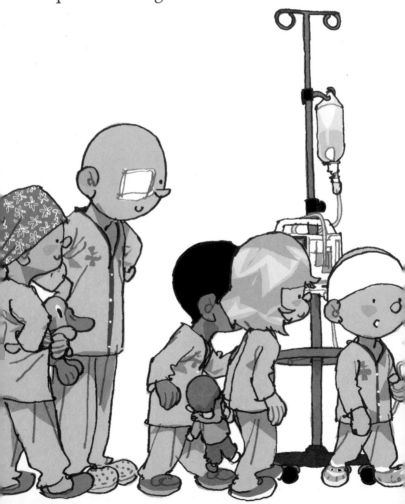

Conchi se ríe de la manera
en que lo ha dicho.
Pero enseguida les aclara
que, efectivamente, ese es su cuerpo,
porque Pupi no es un niño,
sino un extraterrestre
que está pasando una temporada
en la Tierra.

Inmediatamente, todos lo rodean.
Quieren que se quede a jugar con ellos
y les cuente sus aventuras.

Pupi mira implorante
a su mamá terrícola.

–Conchi,
¿me dejas quedarme en su fiesta?
¡Mira cuántos juguetes tienen!

–¿Y Coque?
Te está esperando.

–Pues tráelo aquí.
Y dile que en esta fiesta
no le hace falta el disfraz
ni le van a operar
de ningún *pendiente*.

Conchi se va riéndose
mientras los niños, alrededor de Pupi,
le piden que les dé un abrazo a cada uno.
Luego todos quieren repetir,
porque los abrazos de Pupi
son muy especiales
y hacen que se sientan mucho mejor.
    Pupi se lo pasa en grande con ellos.
¡Vaya fiesta tan buena ha encontrado!

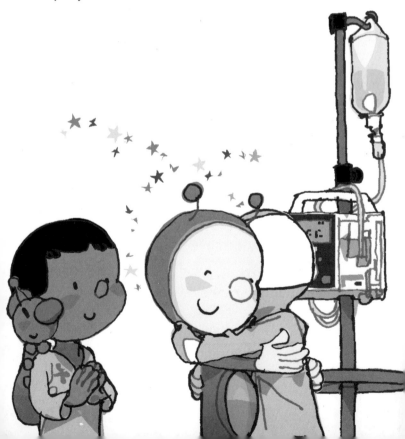

TE CUENTO QUE MARÍA MENÉNDEZ-PONTE...

... cuando tenía cinco años, pasó todo un invierno con catarro y anginas. Sus padres decidieron entonces que cambiara de aires, y la enviaron, junto a sus primas, a un hotel en La Berzosa. Lo gracioso fue que, nada más llegar, sus primas cogieron el sarampión y María y su hermana, la varicela. Y luego se contagiaron unas a otras. ¡Menudo hospital organizaron! Había una piscina maravillosa que miraban de lejos, pues no pudieron bañarse allí hasta que estuvieron curadas. Aun así, María recuerda el olor a jara y romero de aquel lugar y las estupendas historias que le contaban para tenerla entretenida. Además, su abuelo le compró una pelota enorme firmada por todos los jugadores de la selección de fútbol, que estaban en el mismo hotel que ellas. Al final, fue una experiencia la mar de divertida.

María Menéndez-Ponte nació en A Coruña. Ha escrito casi 300 composiciones, entre cuentos y novelas, para niños y jóvenes. En 2007 recibió el Cervantes Chico, uno de los premios más prestigiosos de literatura infantil y juvenil.

¿QUIERES LEER MÁS?

SI QUIERES LEER OTRA AVENTURA QUE SUCEDE EN UN HOSPITAL, LÁNZATE CON **MINI TIENE QUE IR AL HOSPITAL.** Nuestra pelirroja amiga tiene previstas unas vacaciones con su amigo Maxi, pero se pone enferma de repente y… a partir de ahí, le esperan muchas sorpresas.

MINI TIENE QUE IR AL HOSPITAL
Christine Nöstlinger
EL BARCO DE VAPOR, SERIE MINI, N.º 13

PUPI ES UN POCO DESPISTADO, Y SIEMPRE NOS HACE REÍR CON SUS ERRORES Y TRAVESURAS. A FERMÍN LE PASA ALGO PARECIDO. LO MALO ES QUE, A CAUSA DE SUS DESPISTES… ¡ÉL HA PERDIDO LA VOZ! LEE **¡QUÉ DESASTRE DE NIÑO!** si quieres saber qué hizo para recuperarla.

¡QUÉ DESASTRE DE NIÑO!
PILAR MATEOS
EL BARCO DE VAPOR, SERIE BLANCA, N.º 46